ほろほろ、いかざぁ

黒田 八郎
Kuroda Hachiro

文芸社

いかざぁ…………長野県諏訪地方の方言で「行こうよ」の意味

はじめに

父の夢がシナリオライターになることだと知ったのは、父が死んだあとだった。実家にある、ずっしりとした南部鉄の灰皿は、父がシナリオコンクールに入賞したときの賞品だと、母が話してくれた。確かに父は本をたくさん持っていた。そして、本を買い求めると扉に必ず、買った経緯をこまごまと記していた。しかし、父が原稿用紙を前に呻吟していた姿は記憶にはない。楽しそうに河童や伝説の主人公の絵を描いている姿しかない。父が亡くなる前日に望んだものは、絵筆とスケッチブック。

二〇〇一年秋、私は一冊の専門書を出版した。そのとき、作品を世に出すには、幸運と大変な労力が必要だということを思いしらされた。一方、一〇年くらい前からワープロをはじめとする電子文具が安価に手に入るようになり、見栄えのいい文章が簡単に作成できるようになり、さらに、インターネットを介して文章や写真を不特定多数の人に見てもらうことができるようになった。父の世代には、才能があっても、歌わぬ歌手として、土に返った人がたくさんいたことだと思う。父もある意味では、その一人だろう。父が、三〇年遅く生まれていたら……父と同じ年頃になった今、ふと考えることがある。

この本は、二〇〇〇年頃から二〇〇一年にわたって、私のホームページ「ほろほろ文庫」に掲載した文章に加筆訂正したものである。

第一章は、今昔物語をベースにした創作である。創作とはいっても実際にあったこともあり、私の頭の中でくるくる回っていたこともあり……ご想像にお任せしよう。

第二章は、昭和が加速度を持って遠くなっていく中での、身近な人の思い出である。

第三章は、私の大好物、今や体の一部である酒に関する雑感を、肴、店に分けてまとめてみた。

長い長い、「はじめに」であった。父が賞をもらったシナリオはどんな作品だったのか。今度長野に帰ったら、調べてみようか。そしてそのとき、改めて「父が、三〇年遅く生まれたら……」と考えてみよう。

二〇〇四年一月十二日　群馬県桐生市にて　著者　記す

ほろほろ、いかざぁ　もくじ

第一章　黒田の今昔物語

髪（池の尾の禅珍内供の鼻の語　巻第二八　第二〇話）

女性に対する禁句は「デブ」。男性に対する禁句は「ハゲ」。これが、私の独断でないことは、女性週刊誌に「ダイエット」、男性週刊誌に「毛髪」に関係する広告がいかに多いかを見ればわかるだろう。ハゲと言った相手を殺した事件もあったそうだ。映画でも有名な、旧約聖書の「サムソンとデリラ」も、主題は〝髪こそ男のパワー〟だった。また、かのジュリアス・シーザー（カエサル）も頭の毛の薄いのを気に病んでいたという。なぜかは知らねど、永遠の黒髪は男性の根源的な願望のようだ。

私が子供の頃、近くに、田辺さんというおじさんが住んでいた。その頃、四〇代半ばだったろうか。田辺さんは、訓導といって、校長先生もびびるくらい、えらいのだ、と私の母は言っていた。そう言えば、田辺さんは、がっちりとした体格、げじげじのような眉毛、そして、下駄のような四角い顔をしていた。一種の侵し難い風格というのだろう。

そんな田辺さんにも悩みがあった。それは、頭のてっぺんが、薄くなってきたことである。もちろん田辺さんは、自分からは毛髪のことを口に出したりしない。毛髪の話題になると、あからさまに不快感が顔に出てしまうので、それとわかるのだ。田辺さんとの会話で「髪」は禁句だった。

私は田辺さんと、たった一回だが、町内の銭湯で二人きりになったことがある（実家には温泉が出る。だから、温泉の出が悪いとか、風呂場が壊れたとか、そんなことでもないと、銭湯に行く機会はなかった）。そのとき、田辺さんは、子供の私の髪に羨望のまなざしを向けながら、言った。

「ゆうちゃん（私の呼び名）は、いいな。髪がたくさんあって。おじさんなんか、ほら、はげてきちゃった。おじさんも、若い頃は髪がたくさんあったのさ。だから、髪の毛のことなんて気にもしなかった。でも、三〇歳頃かな、シャンプーしたあと、何気なく鏡を見たら、頭の地肌が見えるのさ。光のせいかなと思って、頭の角度をいろいろ変えてみたけど、そうじゃなかった」

「そのとき愕然としたね。人間は必ず老いるんだなと直感したよ。つまり、死が見えたのさ。そんな大げさなものじゃないかもしれないけど、転機というものを、概念でなく、ブッで突きつけられたような気がしたよ」

子供心にも、あの田辺さんが弱音を吐いている。ひょっとすると、明日死んじゃうのかな？　と思ったが、翌日はもう、訓導の田辺さんに戻っていた。

ある朝、田辺さんと会ったとき、何かミスマッチを感じた。そのミスマッチは髪の毛だと、すぐわかった。田辺さんの頭のてっぺんが、毛で埋まっているのだ。田辺さんと初対面の人は、なんとも思わないだろう。でも、町内の人の視線は、必ず、田辺さんの頭のてっぺんに注がれた。視線とは不思議なもので、触るわけではないのだが、見られた者に圧力を感じさせる。

田辺さんもその視線をはっきり感ずるのだろう。田辺さんは以前にも増して、「髪」という言葉に神経質になった。噂によると、ある学校を視察に行ったとき、担当の人が「ハゲ」の話ばかりするので、田辺さんが突然キレてしまい、騒動になったとか……。ところが、ある日を境に、田辺さんは、ぷっつりと町内から消えてしまった。あとで知ったことなのだが、「ハゲ」という言葉にいたたまれなくなって町内を脱出したわけではなく、病気で入院していたそうだ。

蒸発の噂も収まった頃、田辺さんはひょっこりと、町内に帰ってきた。ただ、頭がタコのようにツルツルになっていた。なんでも、病院で飲まされた薬の副作用で、髪の毛が、見事、一本もなくなってしまったそうだ。それで、田辺さんが、ますます「髪」という言葉に対して、神経質になったかというと、その逆であった。自分からも「ハゲ」とか「きてる」とか、かつての禁句を連発した。髪への執着は、髪とともにきれいさっぱりなくなってしまったようだ。

そんな田辺さんを見て、子供の私でも「失うものがないというのも、すごい武器だな」と思った。そして、「人間の悩みって一体、何なのだろう?」なんてこともちょっぴり考えてしまった。これは、何十年も昔の話で、夢を思い出しながら書いているような気もする。でも、通勤電車で頭のてっぺんが薄くなった人を見ると、思わず、自分の後頭部をなでる癖がついた私ではある。

虫（山城介三善春家、蛇を恐れし語　巻第二八　第三二話）

そろそろ、花粉が飛び始める季節である。私は花粉症ではないが、うちのかみさんはすさまじい。涙を流し、鼻をたらし、ちょっと悲惨な姿になる。新婚時代を過ごしたつくばのアパートは、周りが杉の林であった。このときはまだ、かみさんは、花粉症でもなんでもなかった。ところが、横浜に来て、突然、猛烈な花粉症になってしまった。アレルギーとは不思議なもので、いろいろ複雑な要因が絡み合って、頭をもたげるものらしい。ちょっと神秘的ですらある。

「饅頭怖い」ではないが、私は虫が大嫌いである。一番嫌いなのは蛾、次がゴキブリ、そして、昆虫ではないが、クモがだめである。それらがそばに来るだけで、猛烈な鳥肌が立つ。いい年をした男が、声をあげてかみさんの後ろに隠れる。筋道だった理由はないのだが、虫はだめである。

こんな情けない私であるが、小学校の頃は、常軌を逸した昆虫少年であった。休みの日には、虫を採りに、友達の唐沢君と裏の山に行ったし、学校でも昆虫クラブに入って、蝶やら甲虫やらトンボやらいろいろな種類の昆虫を採集していた。また、理科の課題でもないのに、近くの畑や林から芋虫を拾ってきたり、育てたりしていた。その上、小学生ながらに、何冊かの昆虫図鑑をそらんじ、大抵の虫は鑑定することができた。ついたあだ名が「昆虫博士」であった。

ところが、小学校高学年になって、まず蛾がだめになった。たいした理由ではない。たまたま、家の前に大きな蛾が死んでいた。多分、ヤママユ科の蛾だろう。その蛾の背中のあたりだけ短毛が抜け、ビリケンの頭のように光っていた。短毛の間に覗く、無機質な赤茶色の光沢を帯びた背中に異様なものを感じた。ちょうど、人の顔が割れて、中から、別の生き物が出てくる感じ、と言ったらいいだろうか？　それ以来、すべての蛾がだめである。今現在も、タイプを打ちながら鳥肌を立てている。文章が明瞭でないのは、そのせいであろう。

だめ押しはゴキブリであった。今でも忘れない。大学入試に失敗して、東京は巣鴨に間借りしながら、大塚の予備校に通っていた頃である。

夏であったろう。三畳一間で、もちろんクーラーもない。扇風機もない。窓を開け放して、勉強をしていた。すると、ものすごい羽音を立てて一匹の虫が飛び込んできて、Zライト（勉強机の照明器具）にぶつかってノートの上に落ちた。ライトにぶつかったときの音は、まさしく硬い甲を持つ虫の音で、ゴチンという擬音語がぴったりであった。その頃私は、まだ甲虫には触ることができた。その姿を確かめずに、ノートの上でもがいている虫を手で押さえた。甲虫にしては、やけに平べったい。それに、いやに滑らかだ。手の隙間から窺うと、そいつは大きなゴキブリであった。

とたんに、ものすごい鳥肌が立った。そして、髪の毛が太くなるのを覚えた。怒りとも恐怖ともつかない感情で、私はほうきを持って、そいつを追いかけた。何回か、ほうきの直撃を受けたにもかかわらず、そいつはカサカサと逃げ回った。挙句の果てにそいつは、物理的に滑り込めなさそうな、本棚の隙間に入り込んでしまった。逃げ場はないはずなので、一時間ほどほうきを持って本棚を見守っていたが、出てこなかった。だが、夜寝ていると、何かが首の付け根に触れたような気がした。直感的にゴキブリだと認識し、体が固まった。

それ以来、私は完全に昆虫を受けつけない。

写生大会（近衛の御門に人を倒し丶蝦蟇の語　巻第二八　第四一話）

小学校の頃から図画の授業が大嫌いだった。理由は簡単。デッサンの能力が欠如していることと、自意識が異常に高かったからだ。だから写生大会などで、先生や友達が私の絵を見に来ると、服の汚れるのもかまわず、画板の上に覆い被さって、絵を隠したものだ。

今でも、うちのかみさんから、絵のセンスがないと笑われている。結婚した当時、二人して紙粘土でハムスターを作った。私が自信を持って作ったハムスターの立像を見て、かみさんのこめかみに、縦線が入るのを私は見た（かみさんは美大の出身である）。そして、無慈悲にもその人形をつぶしてしまった。ぼろくそである。でも、恥ずかしげもなく、かみさんに見せたということは、私の面の皮が少年時代より厚くなったということか……。

中学校一年か、二年の頃だと思う。授業で、近くにある諏訪湖に写生に行った。仲のよかった原田君、輪島君と並んで、写生を始めた。その日の私は、神が乗り移ったかのように、鉛筆が進んだ。アリャ、コリャ、どうしたことだ？　俺はこんなにデッサンが上手だったかしら。ひょっとしたら、展覧会で賞をもらえるかも……。自分で、自分が怖くなった。

それが単なる錯覚でなく、客観的に見ても、最高のデッサンだったということは、たまたま諏訪湖に来ていた美大の学生が、わざわざ私のところまで来て、「すごい！　私は×××というものです。貴方のデッサンはすばらしい！」と、声をかけてくれたことからも明らかである。私の絶頂思い知るべし。日ごろの劣等感が裏返り、絵を隠すどころか、画家然としてポーズを取った。そして、日ごろ私と同レベルの絵を描いている、原田君や輪島君の絵に批評を加えた。「この線はどうかな？　絵が死ぬよ」（いやなガキである）。そして、日ごろ絵の天才と崇め奉っている、公《きみ》ちゃんや、河西さんのところに、「こんな絵が描けたんだけど……」と見せに行きもした（ますます、いやなガキである）。

　さて、大まかなデッサンができたので、次は絵筆で色をつけていった。空の色は、ダリの絵のごとく、完璧。そして、山に進んだ。山の中ほどに白亜のホテルがある。絵の具がよく乾かないうちに、うっかり筆を置いたために、色が混ざってしまった。あわてて、布巾でその色をふき取ろうとした。そうしたら、その布巾についていた絵の具が、ホテルだけでなく、完璧だった空を汚した。

　私の狼狽は、周りの人にもわかったのだろう。そばで、気の毒そうに私の様子を見ていた原田君がアドバイスをくれた。

「絵筆に水をたっぷり含ませる。それで間違ったところを、とんとん叩く。絵の具が浮き上がってきたら、染み抜きの要領で、絵の具を布巾で吸い取る」

　さっきは、ひどいことを言ってしまったのに、原田君はいい人だ。私は感激して、そのとおりにやってみた。そしたらなんと、画用紙が水を含んでもっこり盛り上がってきた。おまけに、布巾についた絵の具がまた画用紙についてしまった。動揺すればするほど、画用紙は盛り上がるし、おまけに紙から垢のようなものがぼろぼろと出てきた。

それ以後は言うまい。まるで、斜面を転がる雪玉のごとく、とどまるところを知らない速さで、傑作はいつもの私の絵に限りなく近づいていった。先ほど賞賛の言葉をくれた美大生が、また、私の絵を見にやってきた。でも、何も言わずに去っていった。原田君は本当にいい人なのだろうか。

今も昔も（大学の衆、相撲人成村を試みし語　巻第二三　第二一話）

新聞で、「修学旅行の高校生が地元の高校生と喧嘩をして云々」という記事をよく見かける。実は、私の通っていた長野県立岡谷南高校も、先輩が旅行先で大活躍したせいで、修学旅行はなかった。不思議なもので、中学とか高校の男子生徒は、地元の連中と、まるで犬のようにいがみ合うものらしい。このいがみ合いは、何も体育会系、あるいは与太者系だけの、専売特許ではないようだ。私の通った、仙台の大学の学生掲示板にも「自治医科大学参上」などと、わけのわけからない挑戦状が貼り付けてあったのを覚えている。

これから書くのは、教養課程のとき英会話を教えてもらった野方という先生から聞いた話。野方先生はボクシング部の顧問をしておられた。単に名前だけの顧問でなく、ご自分も、ボクシングをやっておられた。授業は手抜きだったが、宿題はハードだった。ただ、面と向かって授業が手抜きだ、などと言うと、一発かまされそうな雰囲気を持っておられた。そんな先生だから、武勇伝は掃いて捨てるほどあった。

普通、運動選手というのは、非常に謙虚である。たとえ、自分がその道で世界記録を持っていようと、これ見よがしなことはしない。ところが、野方先生は違った。野方先生は、小さい頃、虚弱児童だったそうだ。それが、小学校四年のとき、長野県は蓼科にある、蓼科保養学園というところに預けられた。蓼科保養学園は、虚弱児童とか、偏食児童とかを三ヵ月ほど蓼科の山奥に隔離し、そこで徹底的な食生活改善を図る施設である。ほら吹きな私の言うことだから、信用しない方もおられるだろうが、本書によく登場する原田君もそこに行かされた経験を持つ。

さて、野方先生はそこで豹変した。つまり、自分の隠れた才能と対面してしまった。もともと運動神経がよかったためか、蓼科で体力をつけた野方先生の前に、敵はいなかった。その証拠に、今まで五段階評価の通知簿で〝2〟だった体育が、あれよあれよという間に〝5〟になってしまった。そして、いじめられっ子が一変していじめる側に回ってしまったのだ。

野方先生の驀進《ばくしん》はまだ続く。中学にあがってからボクシングを始め、ボクシングの名門高校に進学し、とうとうインターハイで個人優勝までしてしまった。

ただし、幼児体験とは怖いもので、虚弱児童だった時代にいじめられたせいか、運動選手の謙虚さを持っていなかった。つまり、気に食わない相手には、本気で鉄拳を下した。それでもスポーツ界から抹殺されなかったのは、先生のボクシングの才能が〝ポスト・ファイティング原田〟と、噂されるくらい天才的だったため、時のボクシング界の幹部が、なあなあにしてくれたからだと、先生は鼻をうごめかす。

先生が、ボクシングの大会で宝塚に行ったときのことである。そのとき、野方先生は、二年生ながら、ボクシング部の主将をしていた。季節は夏。夕食のあと、部の仲間や後輩を引き連れ、町の見物に行ったそうだ。ボクシング界では泣く子も黙る名門校である。そんなことを知らなくとも、ひと癖もふた癖もありそうな男たちが、ぞろぞろ歩いていたので、道行く人は自然と道をあけた。

商店街を歩いていると、向こうから美女がたくさん歩いてきたそうだ。「女王様の群れ」と野方先生は形容していた。普通の男子高校生ならば、道をあけるか、電話番号を聞くか、誘いをかけるかだろう。ところが、野方主将率いるボクシング部の連中に、そんな軟派は一人もいなかった。ボクシングに対する矜持（プライド）のなせる技であろう。道を女王様たちに譲らなかった。ここで、二つの群れの間に沈黙が鎮座した。男同士なら、沈黙が鎮座する前に鉄拳の嵐が荒れ狂うところであろう。

野方主将は、その中で松坂慶子に似たのがボスらしいと直感した。だが、そのボスは、日本ボクシング界期待の星、野方のことなどまるで眼中にないらしい。いや、野蛮人の頭領、とかえって軽蔑のまなざしを向けたと、野方先生は言う。一〇年間にも思える、長い沈黙は、ラーメン屋の出前持ちの鳴らす自転車のベルで打ち破られた。その出前持ちに救われる格好で、その場はなんとか収まったものの、野方主将の傷つけられた矜持は怒りに変わった。

宿舎のおばさんから聞いて知ったのだが、女王様の群れは宝塚歌劇団の養成科の面々だったそうだ。寝床で野方主将は、ルーキーの奈良田に耳打ちした。

「明日、また商店街を通ってみよう。いや、あの女たちを誘うためじゃない。鼻を明かすためだ。やることは一つ。向こうに道を譲らすこと。もし、向こうがその気なら、手を下してもいい。責任は俺が持つ」

奈良田も、主将が直々に見込んでくれたことがうれしいらしく、脇を掻いた。これが、奈良田のうれしいときの癖だ。

次の日、同じ頃、野方主将は商店街をのし歩いた。案の定、女王様の群れと遭遇した。状況は昨日と同じ。野方主将は奈良田に目配せをした。それを受けて奈良田は、松坂慶子に襲いかかった。だが、次に展開した光景は、野方主将の理解を超えていた。奈良田のパンチは、簡単にかわされた。相手を見失った奈良田も、何が起こったか、わからなかったらしい。ただ、自分がバランスを崩し、うろたえているのはわかったという。松坂慶子は、よろめく奈良田の片足をつかんで、まるでハンマー投げのハンマーのように振り回した。そして、ハンマーとなった奈良田を使って、ボクシング部の面々に襲いかかってきた。こうなると、もうだめだ。

ボクシング部の面々は、恐怖に顔を引きつらせながら、商店街を逃げまくったそうだ。松坂慶子は、ハンマーとなった奈良田から手を離した。奈良田は八百屋の店先に飛んでいき、ピーマンやきのこの山に突っ込み、目を回してしまった。松坂慶子は、目を回した奈良田などに目もくれずに、野方主将に迫ってきたそうだ。そのとき、松坂慶子は息も乱さず、顔には笑みを浮かべていたという。

野方主将に怒りはもうない。というより、頭は空っぽ。松坂慶子の手が腰にかかったかと思われたとき、目の前にタクシーが止まるのが見えた。そこで、一目散にタクシーにもぐり込み、難を逃れたという。

奈良田は、そのあとしばらくして、頭を掻きながら帰ってきた。ただ、野方主将はタクシーに乗るとき、ドアに手をはさまれ、全治二ヵ月の複雑骨折をしてしまった。

それで、ボクシングのスターとしての道は終わったと先生は言う。これがそのときの手術の跡だと、先生は鼻をうごめかせながら、手を見せてくれた。

その事件があってから、先生はボクシングをやめた。その代わり、ボクシングのために使っていたエネルギーをすべて大学受験につぎ込んだ。そしてめでたく、東京大学で英文科を専攻することができた。大学に入ってから、松坂慶子に似た美女を、いろいろ手を尽くして探したのだが、漠として知れなかったという。奈良田はそのあと、プロのボクサーになり、世界チャンピオンにまでなってしまったそうだ。君の知っている奴だよ、と先生は笑っておっしゃるのだが。

実は野方先生は、私以上のほら吹きである……などとは、面と向かってとても言えない。ほらと違い、鉄拳は本当に降ってくるからだ。でも、奥さんが松坂慶子に似ていると思うのは、私の考え過ぎだろうか。

ひとりごと

私は、大学の教養課程のときに、今昔物語の授業を履修した。私は工学部だったから、今昔物語をわざわざ履修するのはレアな部類に入ったかもしれない。名前は忘れてしまったが、好々爺といった感じの先生が、今昔物語を教えてくださった。その先生が授業のテキストとして使ったのが、この話のベースとなった「大学の衆、相撲人成村を試みし語」と、地頭は倒れてもただでは起きないで有名な「信濃守藤原陳忠、御坂より落ち入りし語」であった。学生の反応などまったく気にせず、自分の好きな今昔物語を、楽しそうに語っておられた先生の姿が思い出される。あれから、もう二〇年以上経ったが、先生はお元気だろうか？

鼻毛の田植え（彈正弼源顕定、まらを出して笑はれし語　巻第二八　第二五話）

私はこう見えても、三〇代頃までよく学会発表をした。発表、いわゆるプレゼンテーションというのは、最初は緊張するものだが、場数を踏むと快感になる。〝役者と乞食は三日やったらやめられない〟というが、学会発表も同じである。

学会デビューの頃は、視界が狭まって、ほとんど自分の原稿かスライドしか見えない。声が震えているのも自分でわかる。ところが、発表の味を占めると、いろいろなものが見えてくる。

確か、小田急沿線にある東海大学での発表のときだった。私は発表がおもしろくて、おもしろくてしょうがなかった頃だ。

半導体表面の酸化層の脱離過程に関して講演した。半導体もシリコンだと、人気があるのだが、ＧａＡｓ（ガリヒソ）という材料になると、ちょっとマイナー。その中でも、表面の分野はさらにマイナーである。会場は、ほぼ満席。二〇〇人くらいいただろうか？　そのうち、私の研究に関心のある人は、数人だったはずだ。

学会発表では、多くの場合、前の席は大先生が座っていらっしゃる。向こうは私を知らなくても、私がよく知っている（まるで、私とお月様の関係のような）教授連が目に入る。スライドを使うので、会場は暗くなっているが、発表者から聴衆はよく見えるものである。さて、私がしゃべっていると、H教授はあからさまに眠っている。いびきこそかかないのは、さすがその道のベテランである。T教授は、何かの原稿をせっせと書いていらっしゃる。興味がないのはわかるが、私にとってはちょっと情けない。発表しながら、目を前列中央に移すと、大御所N教授がまじめな顔をして私を見つめている。

だが、よく観察してみると、どうも私の発表に関心があるのではないらしい。鼻毛を抜いていたのだ。鼻から一本だけ長いのが出ているのが気になるらしく、それを抜きたいらしい。だが、どうもうまくいかないので、神経を集中していた様が、私の発表に関心があるように見えただけだった。

しばらく悪戦苦闘した末、やっと不届き者が抜かれたらしい。教授は、その不届き者を自分のノートに丁寧に植えた。鼻毛は、トーテムポールのごとく、すっくと立ったようだ。N教授はそれが奇跡だというような顔をして、しみじみと健気な不届き者に見入っていた。それからは、N教授は鼻毛に魅入られてしまった。せっせと鼻毛を抜いては、ノートに田植えよろしく植えていらっしゃった。

そのとき、夏目漱石が鼻毛を自分の原稿に植えたエピソードを思い出して、思わずクスリと笑ってしまった。こう書くと、こいつは発表をまじめにやっとるのか？　と思われる方もいらっしゃるだろうが、私はまじめである。その証拠に、マイナーな分野の発表にしては、異常なほど活発な質疑応答が行われた。

ただ、わが師、Tさんだけは、私の笑いを見逃さなかった。発表中に神経を発表以外のことに使うとはなんたる慢心、そんなこっちゃ将来、研究者として食べていけない……延々と説教された。Tさんの予言は見事的中し、私は研究者として一流になることを放棄し、現在も何になろうかと模索中である。人の発表中に、鼻毛の田植えをするくらいでないと、一流の研究者にはなれないらしい。

うんの話（金峯山の別当、毒茸を食ひて酔はざりし語　巻第二八　第一八話）

反りが合わないというか、ウマが合わない奴は、誰にだって、一人や二人はいるものである。これはもう、理屈ではない。前世からの因縁であろう。たとえば、気に食わない奴に、語尾上げの癖があるとする。すると、そいつの語尾上げ一つ一つに、神経が過敏に反応する。言葉遣いの一つ一つが気に入らない。あまりに反応したあとは、そいつに関連したものも憎くなってくる。たとえば、そいつの名前の一文字に、「島」なんて文字が入っていたとする。そうすると、「ひょっこりひょうたん島」なんて言葉を聞いただけでも、ピクリとくる。もう、「坊主憎けりゃ、袈裟まで憎い」そのものである。大抵は、そのくらい反りが合わないと、相手もこちらを避けるものなのだが、そうでない場合もたまにある。

これは、私が学生の頃の話である。同じ研究室に今田譲二というのがいた。三歳くらい私のほうが年上なのだが、どうも虫が好かない。頭はいいのだが、人のいやがることをわざと言って楽しむという、いやな性格をしていた。今から思えば、自分に注目してほしい、という感情表現の表れだったような気もするが、また目の前に現れたら、どうなるかは保証がない。

その今田譲二が、私のアパートに遊びに来たことがある。季節は、一月頃だっただろうか。ポーカーをし、めいっぱい私が勝った。勝ち運とはすごいものだ。私が来い！　と思ったカードが、ウソのように来る。私にはギャンブラーの素質があるのかと、疑ったほどだ。

さて、トランプが済んで、腹が減ったので酒でも飲もうか？　ということになった。肴はと考えたら、四日前にコンビニで買った焼き鳥が、台所の隅に放ってあることを思い出した。

このとき、私の心に悪魔が顔を出した。悪魔が言うには、

「おまえはこれからコンビニで焼き鳥を買ってきて、古いやつと混ぜて、今田にその

焼き鳥、食わしちゃれ。日頃の恨みをはらしちゃれ。皿に盛ったら、いつの焼き鳥かわかりゃせん」

私は素直にうなずいた。

それから、私は「ちょっと、肴買ってくる」と、言って、アパートの前にあるコンビニで、焼き鳥を買ってきた。そして、アルミの皿の上に、今田のほうに古いやつ、私のほうに新しいやつを置いた。それから、酒盛りが始まった。今田が焼き鳥を食うこと食うこと、欠食児童そのものであった。私も、新しい焼き鳥をえりすぐって食った。焼き鳥を口に入れると少し舌を刺すような気がしたが、一緒に飲んだ赤ワインのせいだと思って、かまわず食べた。

酒盛りが終わって、今田はひょろひょろと自分のアパートに戻っていった。「明日、今田はきっとトイレに通いっぱなしになるぞ。見もの、見もの」とほくそえみながら、床についた……。

夜明けに突然、きりきりと差し込むような腹痛に襲われた。そして、生唾があとからあとから出てくる。それからトイレに通うこと、何十回。とうとう、学校を休んでしまった。新しい焼き鳥を食べたはずなのに……。ほかに何か変なものでも食べたのかな、と思いながら、トイレに通った。

その日の夕方、今田から電話があった。

「先輩のアパートの前のコンビニで売っていた焼き鳥で、食中毒患者が出たんだって。先輩の病気もそれじゃない？　僕も同じもの食べたのに、なんともないよ。僕って、無敵の胃を持っているのかなぁ？」

私は電話を叩き付けるように切った。それから、私は一週間下痢に悩まされた。そして、それ以来ポーカーで勝った記憶がない。

白い手（桃園の柱の穴より児の手をさしいだして人を招きし語　巻第二七　第三話）

私の幼稚園時代の記憶。母と一緒に、家の前の川に沿った道を歩いている。その頃（もう四〇年も前）、川を跨《また》ぐようにして、交番が建っていた。つまり、交番の下には、川が流れている。

母とは、「だ」と「ら」は、区別がしにくいね、なんて話をしていた。ふと、交番を見ると、交番の床から川に向かって、黄色いゴム袋のようなものが垂れているのが見えた。今は、見かけなくなったが、熱が出たとき、頭にのせる、ゴム袋に氷水を入れたやつ。そう、氷嚢《ひょうのう》の巨大なものを想像していただければいい。あれは、おまわりさんのお尻？　なんて母に聞いた記憶があるが、今思うと、あまりに不自然だ。夢と記憶がごちゃ混ぜになっているのかもしれない。

私は、長野県の諏訪市立城南小学校を昭和四五年に卒業した。その小学校は高島城の南にあった。高島藩というのは、江戸時代、よく罪人が預けられたらしい。もっと端的に言えば、諏訪は流刑地だった。たとえば、四十七士の討ち入りの敵役、吉良上野介の縁者が流されていたという。そして、城南小学校はその刑場の跡に建てられた……と、クラスではもっぱらの噂であった。

さて、その頃の小学校のトイレといえば、すべて汲み取り式。便器は口を大きく開けており、その口の中は闇であった。そして、夕方ともなれば、照明は裸電球一つ。しかも、その電球が、各小部屋に一つずつあるわけではないから、薄暗いものだった。そして、そのとき便器の口の中は、まさに漆黒といってよかった。おまけに、床は湿り気を帯びたコンクリート。ドアは、ベニヤ板に毛の生えたような板戸。色つきセロファンにくるまった、ゴルフボールみたいな消臭材がぶら下がっていた。

ある日、私が教室に入ると、皆が騒いでいた。学級委員の今井直子さんが、昨日の夕方、トイレに入っていたら、下から白い手が出てきて、お尻をなぜられたという。その様子からすると、大人の、しかも女性の手だったようである。へらりと一回なぜただけで、すぐに消えてしまったそうだ。今井さんは、そのときなんともなかったのだが、今は怖くて、学校のトイレはおろか、家のトイレにも、お母さんと一緒でなければ入れないという。

今井さんは、ほらを吹いて喜ぶといった私のような性格ではない。しかも、そのあと、何人か同じ被害にあった女生徒が出てきた。男子生徒で被害者がほとんどいなかったのは、学校で大便をする男子生徒が少なかったからだろう。なぜだかわからないが、学校で大便をすると、「ヤ～イ、ウンチったれ」などと、はやされたものだ。

話を戻そう。被害にあう女子が増え、これは、捨て置けない問題だということで、職員会議が開かれたようだ。トイレの照明を明るくしたり、汲み取り口が開けられた形跡がないかチェックしたり、「不審人物を見たら報告を！」なんてポスターが貼り出されたり……。でも、月に何人かは被害者が出た。つまり、効果なし。

そんなとき、宮坂ひとみさん、という子が、『マーガレット』という漫画雑誌から、〝トイレでお尻をなぜられないお札〟というのを見つけてきた。こんなお札が漫画本のふろくでついているくらいだから、ほかの学校でも、へらりとお尻をなぜられる事件が頻発していたのだろう。先生は、「そんな迷信みたいなものやめとけ」と言ったが、女の子たちの意見に押されて、結局、問題のトイレに貼ることになった。不思議なことに、それから、トイレでお尻をなぜられるという被害は、ぴたりとやんだ。

まもなく、私は学校を卒業してしまった。そして、その校舎も、鉄筋コンクリートに建て替えられた。いとこの伸ちゃんの話によると、トイレも水洗トイレになったという。あの手は一体なんだったんだろう。

山で会った人（尼ども山に入り、茸を食ひて舞ひし語　巻第二八　第二八話）

学生の頃、仙台市荒巻字《あざ》青葉に住んでいた。番地はない。青葉山に東北大学の工学部があって、そこからさらに山奥に三キロほど入ったところだ。小さな集落を作っているのだが、店と言えそうなものは、ジュースの自動販売機一つ。隣は、ゴルフ場と野鳥の森。もちろん、こんな山奥だから、街灯などあろうはずがない。夜は漆黒の闇である。当時、学生は皆貧乏で、車を持っている者はまれ。私も車を持てる身分ではなかった。実験で帰りが遅くなったとき、一番怖いのは人に会うことだった。道は舗装されているから、聞こえるのは自分の足音だけ。そんなとき、曲がり角からふっと、人が現れると、まさに髪の毛が太くなる。鳥肌も立つ。向こうも同じなのだろう。一瞬歩みがとまる。

その近所のアパートに、北田良雄さんという薬学部の博士課程の人がいた。私より何歳か年上であったが、よく一緒に、山に登ったり、相手の部屋に押しかけて夜通し酒を飲んだりした。その北田さんと、アパートの近くにある太白山に行ったときの話である。

太白山は、それほど難しい山ではない。ハイキングもしくは散策コースといっていい。季節は、春に近い頃だった。アパートの周りは雪もなくなっていたので、スニーカーにジャージといった軽装で登った。すぐに帰る気でいたし、初めてではないので、食事も用意していかなかった。

さて、山頂が近くなると、道に残雪が目立つようになってきた。ええい、ままよ、ということで、そのまま進んだのが間違いだった。途中から山道は雪で覆われ、道すら見えなくなった。

道に迷わないようにと、道沿いの木の枝にビニールの紐が結び付けてあるのだが、それも見失ってしまった。どこも同じに見える。たまたま、道らしいと思って行くと、突然下に深い谷が現れたりする。雪があるから、足跡をたどれば、元の場所に戻れると思われるかもしれないが、ちょっとしたくぼみと、自分たちの足跡を区別するのは至難の業である。滑ったり、転んだりしているうちに、本当に道に迷ってしまった。日も傾いてくる。

北田さんは柔道何段かの猛者であるが、

「おい、俺たち明日の河北新報（仙台の地方紙）に載るのかなぁ」

なんて、怖いことを言い始めた。それに腹が減ってきた。登山家は滑落するとき、小さいときから現在までしたことが走馬灯のように脳裏を横切るという。走馬灯とまではいかないが、七五三で千歳あめをしゃぶったこと、中学のとき、写生大会で友達とふざけて、崖から転がり落ちたことなど、思い出された。

動き回るのは得策でないということで、二人とも、雪の上に腰をおろした。頭の中では、うゎん、うゎんという音がさっきから駆け回っている。どのぐらい時間が経ったのだろう。遠くから、表面の凍った雪を踏み抜く、ざくざくという音と、キャーキャーという嬌声が聞こえてきた。複数の女性のようだ。姿は見えない。ただ、何か様子がおかしい。調子が外れている。山で出す声ではない。髪の毛の根元がぷっくり膨れたような気がした。

声の主が近づいてくる。ただ、近づいてくるとのがわかるだけであった。体が動かない。やがて現れた声の主は、女子高生と見える三人だった。三人とも口元が痙攣し、よだれを垂らしていた。そして、泣きはらしたように目が真っ赤であった。そのとき、北田さんが、

「おまえら!」

と、怒鳴った。そのあと、言葉は続かなかった。北田さんが震えている。同時に嬌声がぴたりと止んだ。それまで、彼女たちには、私たちが目に入らなかったようだ。そして、三人の視線がこちらに向いた。

何呼吸したのだろう。躁鬱病の薬の研究をしていた北田さんは、彼女たちの意思は正常だが、表情だけ変調をきたしていることを直感的に見抜いたようだ。そして、医者が患者に問いかけるような口調でいくつかの質問をした。彼女たちのしゃべったこ

との要点をまとめると、
・仙台の第一女子高校の学生だということ
・私たちと同じように、春山を見くびって道に迷ったこと
・お腹がすいてたまらなかったので、どうせ死ぬならということで、木に生えていたきのこを食べたこと
・それから、自分の意志に反して顔の筋肉が動くこと
・無性に声を出したくなること
であった。

北田さんの目が怪しく光った。

「ヨヒンビンだ」

北田さんはわけのわからない薬物名をつぶやいた（あとで聞いたところ、ヨヒンビンとは媚薬の一つで、そのときは口から、でまかせにつぶやいたとのこと）。

そして、北田さんは言った。

「おい、そのきのこを探してこい。日も暮れてきた。気温も下がってきた。このままだと俺たちは死ぬかもしれない。ただ、いくらか腹が満たされれば死なずに済むだろう。彼女たちの食べたきのこは、ワライタケの一種で、人間を一時的に躁状態にするが、死にはしない。助かるかもしれん。」

極限状態に追い詰められた私にとって、北田さんが神のように見えたことは言うまでもない。

私は、将校の命を受けた兵卒のように、きのこを探してきた。そして雪で洗って、念のためライターであぶってから、北田さんと一緒に食べた。調味料がないので、決してうまくはなかったが、まずくもなかった。ただ、だんだん酔ってくるのが自分でもわかった……。

きのこ中毒の女子高生たちと、私たちはそれからどうしたのだろう。よく覚えていない。日が沈んだ頃、〝太白山入り口〟という案内板にたどり着いたことだけは覚えている。が、それまでの記憶が欠落している。ただ現在、こうやって私が元気にパソコンを打っていることは、北田さんの英断によるものである。感謝。

もんじゃ焼きの話　（人、酒に酔ひたる販婦の所行を見し語　巻第三一　第三二話）

かみさんは広島の出身である。だから、お好み焼きを作るのがうまい。広島風お好み焼きだ。ソースには必ずおたふくソース。具は豚肉。私が、仙台風にマヨネーズをてんこ盛りにすると、目を三角にして怒る。でも私はかまわず、マヨネーズ、紅しょうが、青海苔を、ざっぱざっぱとかける。そういえば最近、お好み焼きに似た食べ物で、もんじゃ焼きというのがブームだそうな。でも、まだ食べたことがない。

私は大学に九年間も閉じこめられて（閉じこもってと言ったほうが正しい）いたので、会社に入ったのは、すでに三〇歳が目の前のときだった。同期の中でも年長のため、自然と飲む機会が多くなっていた。私の変なプライドで、酒に弱いと言われるのは妙にいやだった。強いと言われると、鼻の穴が大きくなるほどうれしかった。そんなわけで、結構無茶飲みをした。無茶飲みをすると待っているのが、そう、ゲロである。以下、「ゲロ」という語感がよくないので、昔風に「小間物」と呼ぶことにする。最近は、外で飲むことも少なくなったし、小間物を吐く前に寝てしまう。でも、若い頃は、後輩から「先輩はひょっとして破滅型?」と言われるほど、無茶苦茶していたらしい。

独身の頃、東京は品川のすぐ隣の、大井町というところの独身寮に入っていた。一人でもふらふらと飲みに行ったし、寮の皆とも飲みに行った。東急大井町線の下神明《しもしんめい》という駅のガード下は、すべて飲み屋である。しかも間口が一間といった小さな店がぎっしりと並んでいた。

会社に入ったばかりの頃、同僚のO君とガード下に飲みに行った。ガード下にはよく酔客の広げた小間物があったが、O君はそれを指して、「もんじゃ〜」などと言って笑っている。確か近くに、もんじゃ焼き屋があったから、そこに行きたいのかと聞くと、ただ、「もんじゃ〜」と言って笑っている。珍しく、O君酔っ払ったな、と思っていたらそうではなかった。

あとで聞いてわかったのだが、O君は四国の出身で、その頃初めてもんじゃ焼きを食べたとのこと。そしてO君は、研究部の人間だけあって、実にリアルにもんじゃ焼きを説明してくれた。まず、外見は小間物そっくり。口に含んでみると、でんぷん質の歯触り、細かい野菜、そして胃酸を思わせるソースの酸味。まさに、小間物！　その説明を聞いているうちに、私は何か胸のあたりに突き上げてくるものを感じた。それ以来、人がなんと言おうと、頑としてもんじゃ焼きを食べたことはないし、食べにも行かなかった。

最近は、小間物を広げることもなくなって、その感触も薄れている。もんじゃ焼きを食べるいい機会かもしれない。最近かみさんも、友達と月島にもんじゃ焼きを食べに行って悦に入っていた。友達の原田君も、月島にもんじゃ焼きを食べにわざわざ長野から出てきた。そして、〝うめぇうめぇ。すげぇすげぇ〟とメールをくれた。そうだ、もんじゃ焼きも変身したのだ、きっと。でも、何があっても、絶対O君とだけは食べに行かない。

貴公子秋野君（筑前守藤原章家の侍、あやまちせし語　巻第二八　第三四話）

小学校を卒業して、もう三〇年も経ってしまった。ときどき小学校の頃を思い出す。今になってみると、相当残酷なことを平気でやっていた。トンボを捕まえてきて、尻尾にエノコロ草を挿し込んで飛ばしたり、セミに爆竹を結び付けて空爆させたり、よってたかって、誰かをいじめたり……。もっとも、いじめられるほうにもある程度は原因があった。性格が悪いとか、何か生意気そうだとか、机の下に鼻くそをぬり壁のごとく盛っていたとか、学校のトイレでウンチしたとか……。これから書くのは、私が小学生だったときの思い出である。

四年生のときだったろうか？　転校生がやってきた。名を秋野宏明君と言った。お父さんは国鉄の職員だそうだ。埼玉県の与野市から長野県の諏訪市にやってきた。秋野君は、背が高く、スポーツ万能。しかも、テストはいつもトップ。悔しいことに、かっこいい。おまけに性格がいい。きわめつけが、標準語を話した。まさに、諏訪の小学生にとって、〝貴公子秋野〟である。たちまち、次の学期で学級委員に選ばれてしまった。

霧ヶ峰にキャンプに行ったときのことだったか。クラスはいくつかの班に分かれ、班ごとに、飯盒炊《はんごうすい》さんの献立を考える。大抵がカレーライスだが、中にはシチューを作る班もある。私の班は、お決まりのカレーライスだった。材料費はいくら、と決められていて、チェックも厳しいのだが、班の誰かが、こっそりウィンナーソーセージのケチャップ炒めを持ってきた。その頃、ウィンナーソーセージは私たちの憧れの的であったが、よほど裕福でないと食べることはできなかった。もちろん、キャンプにこっそり持ってくるなど、ご法度である。でも、現物の前には、そんなご法度も吹き飛んでしまった。

カレーができたあと、私の班は先生に見つからないように、こっそりとウィンナーソーセージの入ったタッパーを回し、自分の皿によそった。秋野君も私と同じ班だった。このときの秋野君はいつもと違っていた。ウィンナーソーセージに魅入られている、そんな形容がぴったりであった。タッパーが自分の前に来るなり、タッパーを引ったくり、直にウィンナーを、カレーライスのついたシャモジ（先割れ三ツ又スプーン）で食べ始めた。目が据わっていた。貴公子の秋野君は、そのときまさに餓鬼だった。秋野君のスプーンについていたカレーがウィンナーにもつき、おまけに、口に含んでいた米粒が、タッパーに入ったのを私は見た。

楽しいはずの飯盒炊さんの場は、私の班だけお通夜になっていた。誰かが、ポツリと言った。

「きたねぇなぁ」

秋野君はすぐ正気に戻った。でも、一度暗くなった雰囲気は元に戻らなかった。そのあと、お決まりのキャンプファイアやフォークダンスをやったが、秋野君はしっかり浮いていた。キャンプが終わると、すぐ夏休みに入った。

二学期、秋野君はもう学校にやってこなかった。お父さんの仕事の関係で、急遽、東京の小学校に転校したそうだ。そのあと、秋野君から手紙は来なかった。東京の学校は夏休みが長いから、まだどこかで遊んでいるのだろう、と噂しているうちに、いつしか皆の記憶から秋野君は消えていった。

そして、昨日、新幹線で与野の街を通過した。そのとき、小学生の秋野君のことを何十年ぶりかで思い出した。

原田氏の水飯（三條の中納言、水飯を食ひし語　巻第二八　第二三話）

明治の末頃、長野県諏訪市に　原田健司という人がいた。諏訪地方では一、二を争う食品問屋のご主人である。頭脳明晰で、加えて森羅万象知らぬことなしという博識家でもあった。また、細心にして大胆、皆からの信望も厚かった。趣味でトロンボーンを吹いていたが、玄人肌であった。商売も順調で、子宝にも恵まれ、順風満帆を絵に描いたような生活をしていた。

原田氏の背は高かったが、それにもまして太っていた。デブと言ったほうがいいかもしれない。あまりに太って苦しいものだから、ある日、かかりつけの医師、浅原秀介が家に遊びに来たのを幸い、問うたそうである。

原田「親の因果なのか、こんなに太ってしまったが、どうしたもんだろう。体が重くて、立ち居もままならない」

浅原「今はやりの四足《よつあし》はやめたがいい。冬は茶漬け、夏は飯によく冷えた水をかけ、さらりとやるに限る。そのおかげで、私はほら……」

時は、文月。夏になろうとする頃だったので、原田氏は浅原医師に言った。

「ちょうど飯時だ。君が言うように、水飯を食ってみるから。それを見て、詳しい処方を教えてくれ」

浅原医師はもっともだと思い、それを承諾した。原田氏は食事係の者を呼んで、

「おかずはいつものとおり。水飯にするから、よく冷えた水も」

と、指示した。

しばらくすると、食事係がお膳を持ってきた。お膳というよりはちゃぶ台に縁がついたもの、と形容したほうがいいほど巨大なものだった。台が据えられると、次に直径三〇センチほどの深鉢がいくつか持ってこられた。伊万里か九谷の立派なものであ

る。浅原医師は自分の家の食器を思い浮かべて、軽いねたみを感じた……が、ねたみはすぐに消えた。深鉢のそれぞれには、ふなずし、それに甲州の煮貝（あわびの佃煮）、そして、近くの八ヶ岳で最近栽培が始まったという「れたーす」なる西洋野菜も盛られていた。その量から、浅原医師はご相伴に預かれるものと思ったからである。さすが、食品問屋の旦那だ……現金にも、お礼の言葉を考え始めた。

ところが、最後に持ってこられたのは、鍋と見まごうばかりの飯茶碗が一つであった。浅原医師は、食事係がうっかりしているものと思い、原田氏の言葉を待っていた……。が、それも、浅原医師の思い込みだったようだ。喜んでいただけに、急転直下怒りの気持ちに変わった。原田氏は、科学者のように、浅原医師に自分の食事を客観的に観察してほしいらしい。いい気なものだ。でも、原田氏の温厚な目が少し引きつっているようだ。何が起こるんだろう。浅原医師は原田氏と幼な馴染みである、同じ中学校を卒業した。そのあと、道は別々になったが、家族ぐるみで付き合っている。でも、そう言えば、食事に招待されたことは三〇年の付き合いでも、いまだない。

原田氏は、係の者にご飯をよそうように言いつけた。鍋のようなどんぶりには飯が盛られた。高やかに盛られている。クフ王のピラミッドのごとく、高やかである。見事である。そして、係の者は、そのピラミッドのごとき飯に、お猪口一杯の透明な液体を注いだ。どんな貴重な液体かと原田氏に聞くと、不機嫌そうに「水だ！」という答えが返ってきた。目じりも気のせいか引きつっている。原田氏には何か乗り移っている。

原田氏は、どんぶりを持って、飯を食べ始めた。鍋のように大きかったどんぶりは原田氏が持つと、ご飯茶碗になる。食べるという形容は間違っている。吸い込まれると言ったほうがいい。ご飯が原田氏の口の前に行くと消えるのである。

ご飯だけでない、深鉢に盛られた菜も、いつのまにか少なくなっている。これは、芸だ！　浅原医師は何か神々しいものを見たような、神社に参拝したときのような、荘厳な気持ちに浸った。

そのあとのことは、浅原医師はよく覚えていないそうである。気がついたら、自宅の書斎で、洋書によだれをたらして、居眠りしていたそうである。「今度原田氏に会ったら、この前のことを聞いてみようと思っている」と語っていたが、そのあとどうなったか知らない。

第二章　昭和の人々

父

蜂の子

私の父はお酒が好きだった……。というより、お酒に好かれていた。だから墓参りに行くと、こっそりビールを墓石に注いでいる。そんなお酒の好きな父だったが、生前、一緒に居酒屋に行ったのは一回だけである。場所は長野県の上諏訪。私の生まれた町である。上諏訪は温泉が出るので、製糸工業華やかなりし頃、歓楽地として栄えたそうだ。その名残か、駅の周辺には小さな居酒屋がひしめき合っている。

父と行ったのは、そんな小料理屋の一つ。地元の人でなければ、絶対にたどり着けないような場所にある。今覚えているのは、店の前に空色と桃色の縞模様のちょうちんが三つ風に吹かれていたこと。どういうきっかけで飲みに行ったのだろうか。まったく思い出せない。当然、何を話したのかまったく覚えていない。何もしゃべらなかったのかもしれない。小料理屋のおばさんと父が、薄暗い店で何かぼそぼそとしゃべっていたことだけは覚えている。

しかし、曖昧模糊とした記憶の中でも、小鉢に盛られて出てきた蜂の子だけは、しっかりと覚えている。直径五センチほどの浅い小鉢に黒い小さな蜂の子が数個入っていた。添えられた木の芽が眩しかった。

二〇〇〇年の春、上諏訪を訪れた。当時「跡」くらいしかなかった店が、もう「跡形」もなくなっていた。思えば、高校を出てから、ほとんど家に寄りつかなかった。「孝行をしたいときには父はなし」をそのままやってしまったのだ。私にとって蜂の子は「親不孝の味」。今年も命日には、こっそり、ビールを墓石に注ごう。

餃子

私の父は、松井秀喜が初ホームランを打った直後亡くなった。父が亡くなる何日か前、いや、当日だったかもしれない。病院のベッドで突然父が泣き始めた。夢を見ていたようだ。夢とも現《うつつ》ともつかない状態で父が理由を説明している。

「小麦粉に入れる湯の配分を間違え、餃子の皮をみんなだめにしてしまった……」

父らしい夢だと思った。

私の実家には、たいそう年季の入ったのし棒があった。小学校の頃まで、それで父が餃子を作ってくれた。普通は一家総出でわいわいやるようだが、父は、家族に手を出させなかった。それに、「うまかったか?」など感想も求めない。絶対の自信があったのかもしれない。

今となって思うと、うまかった。ただ……、優等生の味で、きわどさがなかったような気もする。優等生の父。死ぬ直前まで、自分の世界に生きていた。

見たくない姿

私は昭和五一年に家を離れて、それ以来、東京、仙台……と移り住み、ほとんど家に寄りつかなかった。だから、以下の話は昭和四〇年から五〇年ぐらいまでのことだと思う。

父は酒が好きだった。トリスの平たい小瓶を毎日一本あけていた。家に帰ってくる前にも、どこかで飲んできたのかもしれない。ともかく、しらふの父というのは、入院しているときのほかは、ほとんど記憶にないのだ。

父が家で飲んでいる姿は、夢の中のような感じで、あまりよく覚えていない。ただ一つ、はっきり覚えているのは、ウィスキーを最後の一滴まで飲んだことだけだ。つまり、ビンが空になっても、まだビンの口を下に向け、何かの間違いで、しずくがたれるのを待っていた。

子供のとき、そんな父を見るのが、いやでしょうがなかった。何か、いじましいというのか、大きくなったら、あんなことをするようにはなりたくないと思った。それで私は、酒のしずくをお迎えしたことがない。外でも、家で飲むときでも。

でも、いじましいというのは、子供の視点だったのかもしれない。父は、税務署員だった。そしてまじめだったそうだ。だから、外で人と飲むときは、家みたいな真似はしたくてもできなかっただろうし、することすら考えなかっただろう。家だからできる、家族の前だからできる、そんなやすらぎの場でのやすらぎの行為だったのかもしれない。

……などと、最近思えてきた。家族の前でそんなに自分を解放できる父が、うらやましく感じることすらある。小学生のとき、変な目で父をにらむ代わりに、なぜ、「ご苦労さん」と言えなかったか、と後悔する。

しかし、今、父が生き返って同じ行為をしたら、また〝キッ〟というような目をするに違いない。

父とザクロ石

今、私は、横浜市に住んでいるが、実家は長野県諏訪市である。だから、和田峠（ザクロ石＝ガーネットが採れることで有名）には、いつでも行けるかというとそうではない。まず私は車の運転ができない（もちろん免許は持っているが、運転が大嫌いである）。そして、めったに実家に帰らない。追い討ちをかけるように、和田峠行きのバスは、季節限定である。夏の間しか運転されない。ないないづくしで、ここのところ、和田峠にはすっかりご無沙汰している。

初めて和田峠にザクロ石を拾いに行ったのは、父が病気で入院しているときであった。諏訪の日赤病院に、父を見舞いに行くと、父はげっそりやせて、しかも声も出ないようだった。前回、見舞いに行ったときは、隣の親父の姿をスケッチしたりして、とても元気そうだったのに。見る影もないとはこのことであろう。そばにいても、ただ疲れさせるだけだと思った。とてつもなく落ち込んだ気持ちになったので、和田峠行きを思い立った。体をめちゃくちゃ動かしたかったからだ。

上諏訪駅前から出る和田峠行きのバスに乗って、曇り空の中を峠に向かった。峠に着くと、小雨が降ってきた。人もまばらである。ガイドブックにしたがって、沢に下りて、ザクロ石を探す。もちろん、沢をごそごそやっている人間なんて、そうはいない。三時間粘った間、出会ったのはただ一人である。

父のいろいろな思い出が、どぶ川のメタンガスみたいに浮かんでくる。たとえば、昨年、川端下《かわはけ》に鉱物採集をしに行った。家に帰って、こんな珍しい石が採れたと見せると、(石に興味がないくせに)珍しそうなふりをしてくれた父。それが、わずか一年でこうも変わるものか……。

沢の石を、ステンレスのざるですくって、それを川の水で漉してゆく。さっき見た父の姿を振り払うかのごとく、続ける。結局、三時間粘って、きれいなファセット(宝石の切り子面)の出た結晶が三個ほど採れた。小さいものや、ファセットの一部しかないものは二〇個ほど採れただろうか。

帰りのバスの中、くたくたに疲れたせいか、もやもやは消えていた。そのあと、日赤病院に見舞うことなく、特急あずさで横浜に帰った。私の拾ったザクロ石を見ることなく、父は翌年亡くなった。もっとも、病院にザクロ石を持っていっても、困ったような顔をするだけだったかもしれない。

母

料理について

母の料理で思い出すのは、焼肉である。それもケチャップとソースをたっぷり使ったものだ。それと塩丸イカの酢の物だろうか。もっとも、子供の私はきゅうりを嫌ってほとんど食べたことはない。母よりも父のほうが凝った料理を作っていた。

先日、母と会食したらおもしろいことを言っていた。

「私は、新潟の柏崎で育ったから、魚をさばくのには自信がある。それだけは人に負けない!!」

私が、「魚をさばいたのを見たことない」、と言ったら、「私は料理が嫌いだ」とするりと逃げた。

料理について　まだあった

そういえば、母は父が病気がちだったせいで、栄養の知識が豊富である。実質本位のため、見てくれは二の次。

たとえば、ゴマをすったものと、煮干を粉末にしたもの、それと黄粉《きなこ》を混合したものが食卓に上る。確かに栄養価は高そうだ。でも、粉っぽいし、見てくれがいまいちだった。食欲を誘わない。だが、どこかで見た光景だ。そうだ、理科の実験。私はそのとき、母の子であることを実感した。

料理について　まだまだあった

酢の物を好む年にぞなりにけり　黒田八郎

いきなり、俳句やらなんやらわからないものを出してしまった。今年の夏は、酢の物がおいしい。きゅうりとシラス干しを三杯酢で和えたものが、特においしい。去年までは酢の物なぞ、人間の食うものじゃない、などと、見得を切っていたのだから、いいかげんなものである。

私は昭和五一年に高校を卒業するまで長野県にいた。そのあと、仙台の大学に入って、以来、家に居着いたことはない。子供の頃、母は、イカの酢の物をよく作った。イカときゅうりとシラス干し、それにワカメを三杯酢で和えたものだ。でも、私は偏食で酢の物を体が受けつけなかった。だとすると、酢の物は、残したか、食べさせられたか、記憶にない。でも酢の物が記憶に残っているところを見ると、強引に食べさせられたのだろう。

二〇〇〇年の春、久々に長野の実家に帰った。そして、塩丸イカを買ってきた。その頃はまだ、酢の物が食べられなかったから、かみさんにイカの生姜和えを作ってもらった。かみさんの姿を見て、塩丸イカを料理するのにたいへんな手間がかかることがわかった。イカを適当な塩分の水に漬け、何時間も塩抜きをしなければならない。そしてそのあと、やっと調理。

料理を作ったり、掃除をしたりしているかみさんを見ていると、ありがたく思う。そして母も、同じ手間をかけて、料理を作ってくれたのだということを実感する。今度、長野に帰ったら、今までと別の顔をした、塩丸イカの酢の物が待っているような気がする。

料理について　あらま、まだあるぞ

最近は、食べ物の産地を偽ったり、薬漬けだったりすることが多い。そのせいか、昔ながらの食物が尊ばれているようだ。

母は新潟の海端で育った。だから、「魚もさばける」し、「舌も肥えている」と自慢する。また、昔は、今とは比べものにならないくらい、新鮮な魚介が手に入ったそうだ。しかも安く。

ただし、種類は今ほど豊富でなかったともいう。いや、豊富どころか、大体が一種類だったようだ。アジが採れれば、毎日アジばかり……。カレイが採れれば……食事に変化がないのはつらいものであろう。

そうかもしれない。学生の頃、お金がなくなって、一週間パンとマヨネーズと納豆で暮らしたことを思い出した。

多彩な食生活の代償。それは、未来でしかわからない。

日本史の年号

小学校の頃、日本史の年号を語呂合わせで覚えた。

お寺にご参拝　（仏教伝来　五三八年）
なくよ　うぐいす　平安京　（平安京遷都　七九四年）
人の世むなし　応仁の乱　（応仁の乱　一四六七年）

こんな調子で覚えたものだが、今、大半は忘却の彼方にある。
母は、今年七八歳になるが、今でも日本史の年号をすらすら答える。この前、会食したとき、ちょっとためしてみたら、仏教伝来、平城京遷都、平安京遷都、応仁の乱、御成敗式目……私よりはるかにたくさん覚えている。ただし……母が覚えているのは西暦ではなく、皇紀である。皇紀とは、神武天皇が橿原《かしはら》の宮で即位した年（西暦紀元前六六〇年）を元年とした紀元である。西暦で育った私には、その年号を聞くと、ちょっとしたミスマッチを感じる。

でも、母が小学校のときは、これがあたりまえだったのだろう。イスラム圏では、今もイスラム暦が通用していると聞く。民族の起源を大切にする。ある意味では大事なことだと思う。キリスト教徒でもないのに西暦を使うほうが異質なのかもしれない。

三〇〇〇年後の日本史の教科書にはこんなふうに書かれているかもしれない（西暦で記す）。

江戸時代　一六〇〇年　から　一八六八年　まで
帝国時代　一八六八年　から　一九四五年　まで
アメリカ占領期　一九四五年　から　二ｘｘｘ年　まで
現代　二ｘｘｘ年　から

母と会食をしながら、そんなことを考えているとき、ふと母の頭脳が元気なことを喜んでいる自分に気づいた。

父の思い出

父が亡くなってから、実家にはほとんど寄りつかなくなった。今では二年に一度帰るくらいだ。父が生きている間は、反発ばかりしていたが、それでも、年に二、三回は帰っていた。不思議なものである。

母はときどき、父の思い出を語るようになった。二人で数えるくらいしか旅行しなかったこと。松本時代のこと……。

そうだ、二〇〇二年の四月に帰ったとき、母とこんな話をした。

父が亡くなったあと、母は父の友達と会ったのだろう。その友達は、父をずっと産婦人科医だと思っていたようだ。祖父も、父の兄も医者だったから、それなりの素養はあったかもしれない。風貌ももっともらしい。

父は、家の外でどんな顔をしていたのだろう。母はどんな気持ちで私に、この話を聞かせたのだろうか。

りんこ母さん

新潟県柏崎市比角《ひすみ》。母の生まれた街。八〇年近く前、そこの海辺には、ボタン山という小山があった。閻魔堂にはしらっ茶けた閻魔様がいた。

子供の母は、ボタン山で仲間たちとトンボを追ったそうだ。「り〜んこ、りんこ。り〜んこ、りんこ」と言いながら。柏崎ではトンボのことを「りんこ」と言うそうだ。

二、三年前実家に帰ったとき、母が思い出話として話してくれた。

なんとも、メルヘンチックな話に聞こえるかもしれない。しかし、そうでないところが母のすごいところである。「り〜んこ、りんこ。り〜んこ、りんこ」というのが曲者だ。小学唱歌のような哀愁など微塵もない。最初の「り」に強烈なアクセントをつけて、まるで綱引きの掛け声よろしく叫ぶ。このときの母は、国際会議で議論するときのごとく真顔《まがお》だった。

童謡の「あかとんぼ」を彷彿とさせる情景にその掛け声。ミスマッチの中に非常に強いインパクトを感じた。真顔の母の前で、私たち夫婦は笑い出してしまった。それ以来、母は、私たちの間では「りんこ母さん」と呼ばれている。

今、柏崎は原発の町になった。ボタン山もなくなったそうだ。「り〜んこ、りんこ。り〜んこ、りんこ」と言いながら、トンボを追う子供はもういまい。でも、「りんこ」は人類が滅びても飛び続けてほしい。

母の鉱物標本

母は、二〇〇三年の現在も元気だ。実家で短歌を詠んだり、習字を教えたりしている。母の口癖が、「私は惣領の甚六ですけ」（新潟弁で）である。そんなものかな。ちっとも、そう見えないのだけど。だったら、私は三男の甚蔵といったところか。

私は二年に一回くらい上諏訪に帰る。最近、母が鉱物に詳しいことを知った。私が鉱物を集めていると言うと、「では、竹森の草入り水晶を知っているか？」と聞いてきたからである。言っておくが、母は新潟の柏崎の生まれである。結婚するまで新潟県を出たことがないはずだ。ちなみに竹森は山梨県の塩山《えんざん》市の地名である。鉱物を好きな者なら、草入り水晶、即、竹森という地名が出てきても不思議ではない。それが、鉱物とは今までまったく縁のない（と私が思い込んでいた）母から、聞こうとは。まるで、M田聖子が量子力学を語るのと、同じくらいの衝撃を受けた。

衝撃は、それればかりではなかった。「柏崎から諏訪に嫁に来るときに持ってきた」

という鉱物標本を見せてもらった。古色蒼然たる紙箱には、筆で昭和一桁の年と結婚前の母の姓名が黒々と書かれていた。

私も、小学校の学習雑誌に付録としてついてきた鉱物標本を、今でも持っている。ところが母のは、学習標本には違いないのだが、貫禄がまったく違う。私の標本など、足元に近寄れないほど堂々としている。まず、標本一つ一つが大きい。しかも、全部国産品だ。さらに美しい。少し付け加えると、鉱物標本の醍醐味は、触ってその石の重みを感ずるところにある。そういった意味で、石の重さを実感できる母の標本は素晴らしいものである。

その標本は、小学校のときの先生が鉱物好きで、それに影響を受けて母が購入したものらしい。小学校の先生とはすごいものだ。生徒への影響力は、生徒が老人になっても衰えないのだから。

そして、私は、そんな先生に出会った母、そしてそんな立派な鉱物標本があたりまえであった、昭和のはじめがうらやましくなった。今、その母の鉱物標本は、実家の私の勉強部屋で、次の主人に出会うため眠っている。

原田君

馬賊の店

中学からの友達に原田君がいる。別に、下に見ているわけではないけれど、昔からずっと、四〇歳を過ぎた今でも「原田君」と呼んでいる。この原田君に連れていってもらったのが「馬賊の店」。場所は中央線の上諏訪駅から歩いて五分、大手町というところにある。店は、数人入れば満員といった小ささで、女優の北村谷栄に似たおばさんが一人で切り盛りしていた。本当の店の名は「馬賊の店」ではなかったのだが、忘れてしまった。

「原田君」によれば、この店のおばさんは昔、満州で馬賊をしていたそうだ。そう言われれば、店の壁に中国の古くて大きな地図が貼ってあった。そもそも「馬賊」イコール「強盗」程度のイメージしかない私であったけど、何かそれだけでも、自分が不思議な空間に紛れ込んだような気がしたものだ。

また、原田君によれば、おばさんは義侠の人で、学生運動家を身を呈して官憲から守ったことがある。だから、諏訪警察署のブラックリストにも載っていると……。原田君の言うことはなんでもホントと思い込む癖のある私は、おばさんにも感心したが、そんな情報を嗅ぎ付ける原田君に、もっと感心した。

そんな小さな店だけど、いつ行っても、満員ということはなかった。けれども、人がいないということもなかった。固定客で持っていたのかもしれない。

この店の特徴は安いこと。酒を飲み始めたばかりで弱かったせいだったかもしれないが、どんなに飲んでも一人一五〇〇円を超えることはなかった。名物は餃子にラーメン、それとトカゲが入った焼酎。

原田君が結婚して、次に私が結婚、自然とその店から二人とも遠ざかった。風の噂によると、「馬賊」のおばさんはリタイアして、山梨県で家族と一緒に暮らしているそうだ。おばさんが、どんな波瀾万丈の半生を過ごしたのか、今となっては知ることもできないが、「馬賊」は私の心の中に今も生きている。

翼を下さい

高校のとき、原田君は、たまに私の家に遊びに来た。今となっては、レコードを聴きながら愚にもつかないことをしゃべった記憶しかないが。音楽は、赤い鳥がメインだった。

ある日、「翼を下さい」を聴いたあと、「一〇連発！」と言って、原田君はおならを残して帰っていった。なぜか妙な感動がこみ上げ涙が出た。それから私は「翼を下さい」を聴くと、涙腺が妙な反応を起こすようになった。

時は流れて、原田君の結婚披露宴に呼ばれた。一〇月一〇日。スピーチを頼まれていた。私は原田君のことだから、結婚式もコンパに毛が生えたくらいだろうという気持ちでいた。だから、赤い鳥の「翼を下さい」を歌って済まそうと思っていた。

ところが、会場が豪華なのにびっくりし、参列者を見てまたびっくりした。味の素だの、雪印だの、明治屋だの……大会社のお歴々がずらり並んでいる。しかも、私は友人代表のような扱いである。

司会者に紹介されたとき、すでに、私の頭はパニックになっていた。演壇に立つ。自分の声に微妙なビブラートがかかっているのがわかる。もちろん、「翼を下さい」など歌えない。自分でも何を言ったかわからない。多分、一分持たなかったと思う。這這《ほうほう》の体《てい》で自分の席に逃げ帰った。

宴がすんでしばらく経って、原田君の新居に遊びに行った。何かの拍子に話題が式のスピーチになった。うそかまことか、好評だったそうだ。そしてスピーチはテープにとってあるから、それを聴かせてくれるという。あの悪夢が蘇る。まさに、「翼を下さい!」と思った。

でも、今の私は、翼をもらったら、遠くに飛んでいくのではなく、こうもりのように天井にぶら下がり、自分の寸評に耳を傾けるかもしれない。

たてぶえのこと

私のパソコン机のそばに、プラスチックでできたアルトリコーダーが転がっている。昭和三〇年から四〇年代に小学生だった人なら、よく知っている「アウロス」というもの。買ったのは中学に入ったときだから、かれこれ三〇年経つ。

私は、長野県諏訪市立上諏訪中学校を卒業した。諏訪湖を一望できる丘の上にあり、隣には手長神社の森。校庭には、立派な国旗掲揚塔があり、先端には、中世の武器、フレイルのような玉がついていた。初めて、上諏訪中学校を訪れたのは、かれこれ四〇年前のこと。姉が中学に入学するので、その下見についていったのだ。校庭の玉を見て、そんな怖いものを飾る中学には行きたくないと思った。

小学校までは音楽が大嫌いな私だったが、中学でがらりと変わった。音楽の授業で、「ブーレ」「サラバンド」「モルモット」を吹けるように、という課題が出た。そのとき、笛の神が乗り移ったのだろう。私は猛烈な練習を行い、全部吹けるようになってしまった。そして、やればできるという体験がうれしかったのか、家では毎日笛の練習をした。自分ではさほどとは思わなかったが、父の葬儀のとき、近所のおばさんに何十年ぶりかで会ったとき、こう言われた。

「あの、笛のゆうちゃんが大きくなって……」

それほど、強力な神だったようだ。

家で猛烈に吹くぐらいだから、学校の帰り道も笛を吹いた。吹いたのは、「鉄腕アトム」「コカコーラのコマーシャル（ミミミミファミレド……）」などなど。興がのれば、「荒城の月」の二部合奏などをした。

ここまで、読まれた方は、私をパラノイア（偏執狂）だと思われたかもしれない。ところが、ちゃんとパートナーがいた。その一人が、原田君であることは言うまでもない。原田君は頭脳明晰、スポーツ万能。私と対極の位置にいたが、妙なところで気が合い、絶妙な距離を置きながら、いまだにお付き合いが続いている。交友関係は理屈じゃないんだな。

すでに、笛の神は飛び去り、あの笛が吹かれることはないが、今でも私のそばに転がっている。

第三章　昭和の酒

肴

つくばのアサリ

私はつくばの研究所にいるとき、かみさんと結婚した。結婚した当時、かみさんはアサリの醤油漬けをよく作ってくれた。調理法はいたってシンプル。アサリのむきみを、にんにく醤油に漬け込んだだけというもの。山国育ちの私には、なんとも珍味であった。

一九九一年に横浜の研究所に帰ってきた。それから、かみさんはアサリの醤油漬けを作ってくれなくなった。理由は、横浜には新鮮なアサリがない、ということ。私は、食材を見ることに関して、かみさんに遠く及ばない。だから、そうかと、うなずくしかない。つくばにいたときには、つくばセンターそばの「西武デパート」でアサリを買っていた。そこのアサリと、横浜の生鮮食料品屋で売っているアサリとの差は私にはわからない。料理、素材を見る目に関して、私をはるかに凌ぐかみさんが言うのだからきっと、段違いの差があるのだろう。アサリはつくばに限るようだ。

ホウボウのから揚げ

JR京浜東北線の大井町駅のそばに「ささや」という居酒屋がある。店の親父は昔、松下電器でトランジスターの開発をしていたそうだ。店はカウンターと小さなテーブルが三つ、四つ、それに座敷が一つ。こじんまりした店だが、日本酒が何十種類も置いてある。

その店には結婚するまでよく通った。少し懐が温かい日には、ホウボウのから揚げを頼んだ。二〇~三〇センチくらいのホウボウが一匹、から揚げになって出てくる。それを熱いうちに紅葉おろしを入れたポン酢でいただく。これだけで、お酒がおもしろいほど飲めたものだ。私はいつもカウンターの定位置で飲んでいた。目の前には、砂を渓流に見立てた箱庭があり、そこに渓流に棹をさす船頭さんの小さな人形があったのを覚えている。

結婚してから、五、六年ぶりに店を訪れた。店も親父も昔のままだったが、親父はもはや私のことをすっかり忘れていた。馴染みになって結婚式の二次会までこの店でやったのに。

　他人行儀の親父の前に座って、またホウボウのから揚げを注文した。味も昔と変わっていない。目の前にはまだ箱庭の人形もあった。ただ、昔と何かが違っていた。言葉では言えないけれど。それ以来「ささや」には行っていない。

天皇陛下

今日は四月二九日、天皇陛下の誕生日だ。昭和三〇年代生まれの私にとって、天皇陛下といえば、「昭和天皇」である。「今上天皇」のことを、今でも「皇太子殿下」と呼んでしまう。今の若い人の中には、「天ちゃん」あるいは「天皇」などと呼び捨てにする人がいるが、私にはできない。「天皇陛下のためなら……」とまでは言わないが、体が頭の言うことを聞かずに、自然に直立不動してしまう。

その原因は、明治一七年生まれの祖母にあるようだ。私は、この祖母にたいへんなついていたらしい。いつだったたか、母が子供の私に向かって、真顔《まがお》で「おまえは私の子じゃなく、おばあさんの子だという、噂があるよ」と言った。

祖母はたいへんに天皇陛下を敬っていた。呼び捨てにしようものなら、やさしい祖母が真顔になって怒った。いまだにそのときの記憶が染みついて離れないのだから、幼児体験とは怖いものである。

さて、小学校の頃だったか、我が家の風呂場に、蜂の子のカンヅメの空き缶があった。蜂の子の空き缶は、何かゴミ入れに使っていたようだ。髪の毛やらトクホンやらが入っていた。何気なく、その空き缶のラベルを見た私は「天皇陛下……」という文字に強烈な印象を受けた。これは祖母の敬う、あの「天皇陛下」と何か関係のあるものなんだ、すごいものが家にあるんだ、そう思った。ただ、小学校の頃はすごい、本当にすごい偏食で、食べられるものといったら、肉と、ほうれん草と、ラーメンと、米くらいだった。だから、蜂の子のカンヅメに対しても、食べてみたいというより「おそれ多い」というイメージしか抱かなかった。

月日は流れて、今では食べ物に関して保守的ではない。漬物だけは、今でも受けつけないが。最近、上諏訪に帰った。諏訪湖のほとりのみやげ物屋に並んでいた蜂の子のカンヅメを、懐かしさも手伝って、つい一缶、買ってしまった。これを読んでいる人は、蜂の子のカンヅメをじっくりと見る機会はないであろう。蜂の子のカンヅメの製造元である、原田商店のご好意により、ラベルを引用することができた。

以下ラベルの文句。

****

信州の珍味　蜂の子　昭和二二年　賜天皇ご愛用の栄

花九曜煮　　栄養ホルモンの精

本品は「すがれ」「地蜂」又は「へぼ」とも称せられる蜂の子で古来信州特産の珍味として広く親しまれ、特に祝儀にはかかせぬ肴として賞味されています。弊社多年独特なる技術により謹製したもので、その味は斯界最高であります。

「是食（これを）して　不老の春を　迎うべし」　雪人

****

最近の広告やラベルは、暖かさや手作りのよさがあるものは少ないが、こういうのを見つけると、うれしくなってしまう。それはさておき、小さく、「昭和二二年　賜天皇ご愛用の栄」とある。まだ、私が小学校の頃と同じラベルを使っているのだ。

この文を書いていたら、いろいろな思い出が頭にふつふつと浮かび始めた。私は、思い出を肴にして飲むタイプなんだな、などと思っている。お気に入りの片口とお猪口で、蜂の子も肴に、一杯。

塩豆

落語の登場人物の大部分は、歴史に名を残さない人たちだ。長屋の熊さん、八っつあんがそうである。今流に言えば社宅の佐藤さん、鈴木さん、そんな人たち。でも、一歩離れて、落語を眺めると、悲惨としか言えないような状況設定がたくさんある。「お直し」では、元遊郭に勤めていた夫婦が主人公。独立をしたものの、食べていけないので、奥さんに客を取らせ、旦那は客引きの生活をしている。ビジネスと割り切るには、自分がそうなった場合を考えると、とても耐えられない。「長屋の花見」。この長屋には超貧乏人が集まっている。家賃を払ったのがおじいさんの代だとか、家賃を知らないとか、家賃を払うとは、ふていやろうだとか……。そして、落語の中で糊屋のばあさんの葬式を思い出す場面が出てくる。犬や猫の死体を捨てるのとあまり違いはない。これらが、落語を離れるとどうなるか？　ということが、岩波文庫から出ている『東京の下層階級の生活』という本に詳しい。

さて、落語といえば、古今亭志ん生（五代目）に登場してもらわねばならない。ただ正直いって、私は志ん生の全盛期とオーバーラップしていない。だから、ビデオ、速記本、そして志ん生自身の自叙伝『なめくじ艦隊』『びんぼう自慢』でしか、志ん生を知らない。

結城昌治の『志ん生一代（上）（下）』には売れない頃の生活が詳しく書いてある。五〇歳過ぎまで、「東京の下層階級の生活」とさほど変わらない暮らしをしていたようだ。そんなわけで、志ん生の本に出てくる食べ物にたいしたものはない。たとえば「かめちゃぶ」。今の言葉で言えば牛丼らしい。そのほかは、鰹のなまり、秋刀魚、冷やっこ、納豆、焼酎をかけたご飯、そして、「電気ブラン」。

電気ブランは、今でも浅草の「神谷バー」に行けば飲める。茨城県の牛久市にある「牛久シャトー」でも買える。アルコール度数は四〇％ほど。口当たりは甘く、女性でもストレートで飲める。ただ、度を超して飲むと、不思議な体験をすることができる。日本酒、ウイスキー、ビールでも、度をこせば二日酔いにはなるが、決して手はしびれない。ところが電気ブランは、二日酔いとともに手がしびれる。電気ブランの名はひょっとしたら、しびれるところに起源があるのかもしれない。

志ん生の話に出てくるもので、想像のつかないものがある。それは、「塩豆」。志ん生の本には、「塩豆をつまみにして酒を飲む」としか書かれていないので、正体はまったくわからない。炒った大豆に塩をまぶしたもの？　それとも、大豆を塩ゆでしたもの？　これから紹介するのは後者のほう。つまり大豆の塩ゆで。不思議に、志ん生の雰囲気が漂う。以下に作り方をまとめる。

材料

・一袋四〇〇円程度で売っている「大豆（鶴の子豆）」一袋

・塩適量

作り方

・二リットルほどの鍋に大豆一袋をすべて入れる
・次に、水を鍋八分目まで入れ、四〇分から六〇分間煮る
真ん丸の大豆が扁平な楕円体になるのが、煮えた目安
煮過ぎないこと。少し芯が残るくらいがよい
・ゆであがったら、煮汁を捨てて、タッパーなどに入れる
・タッパーに塩大さじ一、二杯、ついで、塩味を調整するための水を適量入れる
・すぐ食べてもいいが、冷蔵庫で一晩置いてから食べたほうがおいしい

バリエーション
・唐辛子（一味唐辛子か鷹のつめ）を散らす
・塩の代わりに醤油をひたひたに注ぐ。唐辛子は必須

塩豆を肴に、日本酒の冷やで文庫本をぱらぱらめくる。至福のとき。

店

「福寿司」　仙台・一番町大通り（平成八年から現在まで）

この章に出てくる居酒屋のうち、現在でも縁が切れないのが、この「福寿司」（これは立派な寿司屋）だけである。場所は、仙台一番町大通りと広瀬通りが交わったところ（この文章は宣伝ではないから詳しい場所は書かない）。私が仙台にいた頃には、一回も敷居をまたいだことがなかった。何しろ格調高く、入ったら一週間分の生活費くらい飛んでしまいそうだったから。

この店にわざわざ横浜から通うようになったのは、結婚してからのこと。我が家のかみさんは、舞鶴の生まれの呉育ち。小さい頃から海のそばで育ったせいか、魚料理がやたらうまいし、味にうるさい。そのため、寿司にもうるさいこと、この上ない。

私はどちらかといえば、美味を楽しむというより、お腹を満たしたり雰囲気を楽しむほうである。我が家のかみさんは、完全に美味を追求している。もし八〇年くらい早く生まれていたら、女性版の北大路魯山人になっていたかもしれない。

そんなわけだから、我が家では年二回から三回、「地方の気骨ある都市を巡る」と称して寿司食い旅行をしている。私の目的は、もっぱら、その土地でしか食べられないものを探すことであるが。

さて、福寿司に入ると、中学を出たてのような若い人が注文を聞きに来る。その態度のきびきびしたこと、小気味よいほどである。学級崩壊だとか、登校拒否だとか教育問題が騒がれているが、そんな時勢などうそのような世界である。カウンターの中には怖そうな職人さんがいる。きっと本当はやさしい人なのだろうが、顔を突き合わせると、こっちが萎縮してしまいそうな雰囲気を持っている。しかし、お客に押し付けがましいそぶりなど一切感じさせない。

黙々と寿司を食べ、気の利いた肴で酒を飲む。そして夫婦で、「おいしかったね」。

家族の健康が最大の幸福だと思う、今日この頃。

「ふるさと」　仙台・文化横丁（昭和五六年から六一年）

大学も四年生になると、研究室に配属され、卒業研究に取り組む。私は、電気通信研究所の川上彰二郎先生の研究室を希望し、そこに配属された。私が川上研を選んだ理由は、まず、光を扱っていること（私は目に見えないものを扱うのが大の苦手なので）。光なら、目に見えるから安心と思った（大間違い）。あと、研究室のスポーツ行事があまりないようだったからだ。私は運動神経が限りなく無に近い。スポーツの盛んな研究室に入ったら、研究する前に劣等感に押しつぶされそうな気がした。川上研のレクリエーションはなんと「つり」だった。今ならとても考えられない理由で川上研究室を選んだ。

私に与えられたテーマは「光変調器の作製」。本当はこれがテーマでなく、この光変調器を使って光ファイバーの伝送特性を測ることだったのだが、私にはまだそこまで理解できなかった。光変調器は「電気光学効果」を使ったもので、部品はすでに直接の指導教官である永野さんが揃えておいてくれてあった。私のすることは、「電気光学効果」の教科書を勉強すること。そして、ギガヘルツオーダの変調器を組み上げることであった。アマチュア無線をやっていたから、電気工作はお手のもの、楽勝、楽勝と、課題に取り組んだ。

ところが、今から思うと強心臓だった。電気光学効果の基礎は「波動」「結晶光学」にあり、結晶の対称性はおろか、マクスウェルの方程式すらその意味を理解していなかった私には、「電気光学効果」は睡眠薬以外の何者でもなかった。机に向かっても、居眠りするだけだった。昼間眠り過ぎて、眠れなくなった夜は、飲みに行った。もし、自分が教授や指導教官で、こんな学生がいたら、自分なら「勝手にしろ」と突き放してしまうところなのに、川上先生や永野さんは決して見捨てなかった。今になって思うと、やはり人の上に立つ人は包容力があると、お世辞でなく、本心から思う。

ぜんぜん「ふるさと」の話にならないが、時は流れて、どう間違ったか私は博士課程に進学してしまった。博士課程は学生の長老なのだが、下級生がどんどん論文を出すのに自分はさっぱり成果が出ない。今から思うと「あせっていた」の一言に尽きる。当然、そんな不満を忘れるために夜は飲みに行った。仙台の一番町商店街の枝道に「文化横丁」という飲み屋街がある。そこに「ふるさと」があった。マスターと女の子の二人でやっている小さな居酒屋で、マスターは以前、ペヤングの焼きソバの広告に出ていた四角い顔の落語家（現・桂文楽）にそっくりで、女の子も山田邦子に瓜二つ。青森の五所川原出身の人が常連だったのだろうか、吉幾三のような話し口のお客がいつも来ていた。

店に行くと必ずイナゴの佃煮を注文した。私の故郷は長野県の諏訪市である。幼稚園のそばが一面の田んぼで、秋にはイナゴをスーパーの買い物袋いっぱい採ったような記憶がある。スーパーマーケットにもイナゴが売っていた。子供心にもおいしいと思った。でも「ふるさと」のイナゴはまずかった。もともと、イナゴとはそんな味だったのかもしれないが、子供の頃の記憶と大きく隔たっていた。しかし、「ふるさと」に行くと懲りもせずイナゴを注文した。なぜだかわからない。

仙台を離れるとき「ふるさと」に行ってしこたま飲んだ。そのとき店の女の子に「お酒を飲むから寝坊しないように」と目覚まし時計をもらった。会社に入って三ヵ月目、仙台にリクルートでやってきたとき、「ふるさと」に行ってみた。店はそのままあったが、見知らぬマスター一人でやっていた。女の子もいなかった。もう二人とも辞めたという。かつてもらった目覚まし時計は、もう私の目を覚ますことはないが、今でも時だけは刻んでいる。

「金八」　仙台・一番町大通り（昭和六〇年から平成一〇年）

他の研究室の助手さんに連れていってもらったのが馴れ初めで、そのあと、結婚をしてからも来仙のときには、夫婦で通っていた店。これも十人入れば満員といった小さな店だった。だるまのような怖い親父、やさしそうな奥さんと娘さんの三人でやっていた。私が初めて行ったのは、博士課程の腐りきっていたとき。助手さんに「越乃寒梅」が飲めるからと誘われて行った。もちろん「越乃寒梅」が飲めるほどお金は持っていなかった。店に入って驚いたのが、「刀剣なんたら」の額がかかっていたこと。親父の顔を見ると、刃物を持たせたら人をたたき切りそうな顔をしている。

恐る恐る、一番安い「椎茸焼き」と「ほや酢」を頼んだ。すると親父は、極悪非道の人切りの顔から温厚な顔に変わって料理を作り始めた。その椎茸とほやのうまかったこと。これも今でも忘れられない。その頃、一般に出回っていたほやは、大抵まずかった。石鹸の臭いと渋みを持っていた。それが、意に反してうまかった。

そんな経験から、仙台にいるときは毎週土曜日に「金八」に通った。平成のはじめの頃から、凶悪な店の親父の顔が、だんだんやさしくなってきた。最後に「金八」で飲んだのは平成九年。そのあと、一〇年、一一年と仙台に行ったときは、店は残っているのだが、電気は消えていた。店の親父は凶悪なままでいてほしかった。うまい酒が飲めるなら、仏面など要らない。

「くさか」　仙台・一番町　丸善側（昭和五六年から平成一二年）

「くさか」に通っていた頃、店は五〇歳から六〇歳くらいのおばさんが三人でやっていた。初めて行ったのは研究室の先輩に連れられて。その店で、初めて「カラオケ」というものに出会った。先輩の十八番は「たれか故郷を思わざる」と、仙台弁にアレンジした「プレイバック・パートⅡ」だった。この店には、学生時代にもお世話になったし、学位を取ったときもおばさんに論文を渡したし、結婚したときもかみさんと一緒に行って「飲み過ぎないで」とお小言をいただいた。そして会社の友人とも飲みに行った。

酒を飲む場合、相性のよい人と悪い人がいる。悪い人の場合は、いくら飲んでも酔わないか、あるいはその前に飲まない。お断りする。相性のよい人の場合は楽しい時を過ごせる。が、あとが怖い。強烈な「二日酔い」が待ち受けている。

二日酔いをもたらす飲み友達に「徳島君」がいる。皇太子殿下によく似た人で、きっと皇族の血を引く人に違いないと思っている。今は、二人とも結婚してしまったし、職場も別々になってしまったので、一緒に飲むことはなくなってしまった。

もう一人「田代さん」という飲み仲間を忘れてはならない。徳島君ほど頻繁に飲んだ仲ではないが、彼と飲んだあとはいつも強烈な二日酔いが待ち受けていた。もう二度と一緒に飲むものか！　と思うのだが、だめである。何が魅力なのか、考えてみるがわからない。多分二人とも、あの笑顔なのだろうと思うのだが。

十年ぶりに「くさか」の前を通る機会があった。店はそのままだ。昔のように、中は猫だらけで、おばさんが三人で元気に踊りを踊っているに違いないと言い聞かせて、前を通り過ぎた。

「メルシー」　仙台・五橋《いつつばし》（昭和五六年から六一年）

「メルシー」は東北大学本部、片平町の近くの定食屋だった。大学院の修士課程のときまで、夕飯はいつもそこで済ませていた。「ジュウジュウ定食」というのが人気で、五〇〇円出せば、鉄板の上で二〇〇グラムくらいの豚肉が「ジュウジュウ」音を立てているのを食べることができた。店は美人の奥さんと、佐藤蛾次郎（寅さん映画で寺の使い走りの役をこなしている性格俳優）そっくりのご主人がやられていた。ともかく安い、うまい。金欠学生にリッチな思いをさせてくれるいい店であった。それがある日、突然「居酒屋」に変身した。私はその頃博士課程の学生で、論文も書けないし、自分はきっと研究に向いていないから辞めてしまおうと毎日思いながら、それでも大学に通っていた。

「メルシー」が居酒屋になってから、いい板さんが来た。名前も住所もすべて忘れてしまったが、ここに来る前は伊豆の割烹旅館で修行していたそうだ。丸顔で、丸刈りで「クリチャン」という感じの元気のいい板さんだった。

私が行くといつも、「こんなもん作ったんですけど、どうですか?」と謙虚に小皿を出してくれた。小鉢にワカメの酢の物。それに、人参、木の芽が散らしてある。北大路魯山人は私が大尊敬する人だが、「料理は素材八〇%、残りが料理人の腕」と言っていた。でも、私は料理人の気持ち九五%、残りが素材のような気がする。

「こんなもん作ったんですけど、どうですか?」

たかが二五、六歳の若僧に対してである。そんな板さんに受けた、限りない感激だけでなく、その小鉢の「おいしかった」ことも覚えている。

金欠で、しかも成果が出ず腐っている学生にとって、本当に「居酒屋メルシー」は「メルシー」とこちらが言いたくなるような店だった。一日おきに飲みに行ったのではないだろうか? 板さんは勉強家で『美味しんぼ』という漫画が出始めの頃、これは本当のことだし、うそは言っていない、しかも勉強になるからと言って『美味しんぼ』の単行本を貸してくれた。同い年かあるいは私よりちょっと年下の板さんだった。

彼となら何でも言いたいことが言えるような気がしていた。でも、板さんが店にいたのはわずかな期間だった。板さんを見ない日が続くようになり、やがていなくなった。それと同時に、私も「メルシー」に行かなくなった。丸顔のまじめな板さん、今何をしているのだろうか。でも、酒を飲み続けていれば、狭い日本だから、きっと「やあ」「おう」と声を掛け合える気がする。

「信州酒倉」　東京・大井町（昭和六一年から六三年）

東急大井町の駅近くの二葉通り商店街に、「信州酒蔵」と言う飲み屋があった。それは通称で、本当の名は「浅野屋」と言う。もう一〇年以上訪れていない。「信州酒蔵」は一辺が四メートル程度の「コ」の字型カウンターが一つと、四人がけのテーブルが二、三ある店だった。「コ」の字型カウンターの片隅には、このウチの秘伝といった、煮込みが入った寸胴がいつも湯気を立てていた。そして店を切り盛りしているおかみさんが、たまに寸胴に焼酎を入れていた。店の客層はすべて大井競馬場から流れてきたと思しき親父だった。浅草の場外馬券場そばの居酒屋に紛れ込んだような錯覚を覚える店だった。

長野県出身の私は「信州酒蔵」の「信州」という言葉に引かれてこの店の暖簾をくぐったのだが、別に信州名物の「馬刺し」「蜂の子」「ざざむし」などは置いてない。店の飾りにも信州の面影もないし、店の人にも信州訛りはない。そして、「信州酒蔵」

という名をつけているわりには、信州の地酒が置いてあるわけでもない。別に「信州」を売りものにしている店ではないようだ。おばさんに聞いたら、おじいさんが長野の出身とのこと。この店の肴には、焼き海苔だとか、腹にたまらないものが多かった。本当の酒飲みの店なんだろう。最近は、黙って酒を飲める居酒屋が少なくなった。

「庄内」仙台・稲荷小路（昭和五二年から五四年）

私が東北大学に入学したのが昭和五二年（一九七七年）。当時、最初の二年間は教養課程といって、一般教養がカリキュラムの中心になっていた。また、研究室にも配属されていないので、サークル活動に燃える時期でもあった。私は「心理学研究会」に入った。この研究会は文学部の心理学専攻の学生を中心にしたサークルで、一年生から博士課程の学生までいた。私はそこで超常現象を扱う「超心理学」の分科会に入った。

その頃、ピラミッドパワーなど「現代の科学では説明できない現象」に興味があったのだろうか？　今となっては、なぜ入ったのかわからない。ひょっとすると、アナクロニズム（時代錯誤）の残党のような私は、超心理学分科会のメンバーから、いわゆるバンカラの臭いを感じ取ったのかもしれない。

超心理分科会には、文学部の博士課程の学生の山口さんと、研究生の飯田さんという両巨頭がいた。二人とも、本当に頼れる兄貴といった感じで、二人の言うことなら、なんでもしようとその頃の私は思ったものだ。

この二人によく連れていってもらったのが、仙台は稲荷小路にある「庄内」。何かあると、「庄内」に行った。そして必ず、ゲロを吐くまで飲んだ。何せ、山口さんはアイスホッケー部の選手で、飯田さんは小林寺拳法部。いずれも堂々たる体格の持主だった。対して、その頃の私は、ひょろひょろの虚弱児童といった感じだったから、同じ土俵で飲むのは無理というものかもしれない。

庄内では、とても文章に書けないような（「卑猥」というよりは「羞恥」のため）話題を話し合っていたようだ。あと、昭和五三年頃はまだ、「カラオケ」が一般的ではなかったので、「しりとり歌合戦」をよくやった。適当に歌を歌っていて、誰かが「ホイッ」と言う。そうすると、「ホイ」と言ったところの文字から始まる歌を、新たに歌い始めるのだ。そんなことを延々二時間くらいやっているのだから、周りは大迷惑であったと思う。

それでもまだ歌い足りないときは、近くの勾当台公園にある野外ステージまで繰り出していった。夜中の二時、三時、あるいは朝まで「しりとり歌合戦」をしたり猥歌を歌いまくった。同級生の高野は〝ゲップ〟だけで「青葉城恋歌」を歌うのを得意としていた。私はといえば、「木綿のハンカチーフ」を飽きもせず歌っていた。

今でも、いろいろな大学に行く機会はあるけど、そんな野蛮な学生たちにはあまりお目にかからない。皆まじめで、スマートでおとなしい。でも、きっと私がいなくなれば、野蛮な学生に早変わりするに違いない。私はもう学生たちにとって「異分子」になってしまったのだろう。

光る道（あとがきにかえて）

二〇〇三年の暮れ、久々に上諏訪の実家に帰った。母は、夏に体調を崩したと言っていたが、いたって元気そうであった。その母が、諏訪湖畔の石彫公園に日光でプゥワァーと輝く道があるから行ってごらんと、すすめてくれた。いつもながら、身振り手振り激しく、光り輝く道の様子を説明してくれた。また、一つ大発見をしたらしい。母はどんどん興奮してきた。これ以上話に付き合っていたら、お決まりの、短歌の講釈が始まりそうだったので、早々に石彫公園に出かけることにした。場所は、八重垣姫の銅像のそば、羊の群像の近くだという。

冬の信州諏訪、寒さは厳しいが運良く快晴。しかし、季節はずれの石彫公園には、人影もなく、ましてやプゥワァーと光り輝く道など見出せなかった。公園を隅々まで探してみたが、あるのは鉄平石でふいた道と、ジョギング用のゴムを敷いた道。母は夢でも見たのかなと、少し寂しくはあったが、家に帰って道が見つからなかったことを告げた。

母いわく、

「それはおまえの観察が足りない。光る道をよく見るとアスファルトに色ガラスの粒が混ざっている。しかも、そのガラス粒の断面は特定の方向を向いているらしく、ある方向から見ないと輝いては見えない。光はおまえの専門だろうが」

いつもながら、元気な頭脳だ。

帰りの電車の時間が迫っていたが、どうしても光る道が気になって、再び石彫公園を訪れた。あった、あった。ガラス粒の埋め込まれた道が。しかし、いろいろな角度から眺めてみたが、道はキラリとも輝いてくれなかった。今度は、日が翳《かげ》ったせいらしい。素晴らしいものに出合っても、こちらに見る目がないと素晴らしさがわからない。見る目があっても状況によっては素晴らしさがわからないこともある。

この本に出てくるのはすべて私の忘れ得ぬ人々であるが、これらの人々はこの光る道のような「一期一会」の賜物である。この場を借りて心から感謝の意を表したい。

著者プロフィール

黒田 八郎（くろだ はちろう）

本　名　平谷雄二《ひらたにゆうじ》

1957年　長野県諏訪市生まれ

1976年　長野県立岡谷南高等学校を卒業

1986年　東北大学大学院工学研究科を卒業

1986年　素材メーカーに就職、化合物半導体の研究に従事

2003年　教育関係の職に就くため、群馬大学工学部研究科研究生となる

2004年　ものつくり大学　製造技能工芸学科　助教授

工学博士

著書「ビジュアル真空技術」コロナ社（2001年）

ほろほろ、いかざぁ

2004年3月15日　初版第1刷発行

著　者　黒田 八郎

発行者　瓜谷 綱延

発行所　株式会社文芸社

〒160-0022　東京都新宿区新宿1－10－1

電話　03-5369-3060（編集）

03-5369-2299（販売）

印刷所　神谷印刷株式会社

ISBN4-8355-7127-4 C0095